赤尾兜子の百句

異貌の多面体

藤原龍一郎

ふらんす堂

目次

赤尾兜子の百句

秋炊ぐ聖書に瓦斯の火がおよぶ

『蛇』

1

　第一句集『蛇』の第一部「学問」の章に置かれた一句。この章は戦争中の昭和十九年から二十三年までの作を収めてある。大正十四年生れの赤尾兜子は満年齢が、昭和の年数と一緒なので、この句は兜子が二十歳前後の作。京都大学文学部中国文学科に入学した頃か。

　兜子の年譜には特にキリスト教や聖書に興味を抱いたという記述はないので、これは教養を深めるための読書として、聖書を読んでいたのだろうか。煮炊きを待つ間に、聖書を読む学生。ガスの火の青さが青年の知への欲求を照らし出しているようだ。

鉄階にいる蜘蛛智慧をかがやかす

『蛇』

2

昭和二十八年の句。すでに毎日新聞編集局に入局しており、若手俳人として頭角をあらわし始めている。

鉄階段に蜘蛛を見かけることは珍しくはないが、その蜘蛛が「智慧をかがやかす」という認識は鋭い。日本人の感覚からすれば、蜘蛛と智慧は結びつきにくいが、欧米には蜘蛛を知恵者とみなす伝承もある。あるいは専門の中国文学に発想の出典があるのかも。

かがやきは、蜘蛛の糸に光があたっている状態か。まばゆい夏の陽射しを感じさせる。鉄の階梯にめげず、智慧をもって上っていく自恃の一句としても読める。

ささくれだつ消しゴムの夜で死にゆく鳥

『虚像』

3

『虚像』の代表句の一つである。昭和三十四年、兜子三十四歳の時の作品。この年は、第一句集『蛇』を上梓し、前衛俳句の俊英として俳壇に登場した年である。

「ささくれだつ消しゴムの夜」というフレーズには、不全感が漲っている。ささくれだった消しゴムは役に立たない。消すべきものを消すことができない。その夜に鳥が死にゆきつつあるのだ。鳥もまた不全感に満ちている。俳句という詩形の可能性を拡大するべく試行錯誤していた時期の作品であり、表現上の格闘の心理を映し出した一種のメタ俳句の趣きもある。

苔くさい雨に唇泳ぐ挽肉器

『虚像』

4

『虚像』の作品は難解なものが多いが、この句はわからなさではきわめつけではないか。苔くさい雨があるのだろうか？　不快な雨にパラフレーズしてはいけないのか。唇が泳ぐとはどういうことか？　不快な雨に打たれて、唇が痙攣したのか。そして結句の挽肉器。なにゆえに挽肉器が出てくるのか？　理屈で読解しようとしても無理である。この句から感受できるのは、不安ではないか。上句、中句、下句のどこからもイヤな不安なイメージが立ち上ってくる。不安の形象、不安の言語化として了解する。

会うほどしずかに一匹の魚いる秋

『虚像』

5

『虚像』の作品としては静謐な雰囲気に満ちている一句。「会う」とは誰と会うのか。特定の人間ではなく、この魚と会っているのではないか？　昔の喫茶店などでは、大きな水槽に熱帯魚を飼育して飾っていることが多かった。水槽にたくさんの種類の熱帯魚が遊泳しているが、その中にいつも静かに佇んでいる一匹がいる。そんな場面ではないか。この魚と会うたびに心が落ち着く。精神に静寂が取り戻せる。それで、しばしば魚に会いにくる。

前衛俳句の時代の作品の中で、思わず心境吐露してしまったような愛すべき一句。

冬川に冴える電球を撃つは今

『虚像』

6

冬の川面に電球が浮いている。その電球を見て、破壊衝動に駆られる主体。石を投げて、電球を撃ち割れば、小気味よくガラスが弾けるはずだ。

「撃つは今」という内的衝動こそが、この一句のモチーフ。兜子は感情の起伏の激しい人であった。制御できない怒りに駆られることもあったはずだ。「冬川に冴える」という措辞も、ハードボイルドなタッチである。投げた石は首尾よく電球を破壊できたのだろうか?

犀のような手相わが野に流れる酢

『虚像』

7

皺だらけの手のひらをじっと凝視する一瞬、流れる酢を感じた。「犀のような手相」はストレートな直喩として受け止められるが、「わが野」と「流れる酢」を如何に解するべきか。私は精神の内部に生じた違和感ととらえてみた。石川啄木の「はたらけど／はたらけど猶わが生活楽にならざり／ぢつと手を見る」を引くまでもなく、日常の一瞬に手のひらを見ることはある。「犀のような手相」とはけっして良い手相ではあるまい。そんな思いの内面に「流れる酢」に象徴される違和。不充足な精神の言語化と思うべきか。

散髪後霧ごしに立つ不意の墓

『歳華集』

『歳華集』の巻頭の一句。昭和四十年、赤尾兜子四十歳の時の作品。『歳華集』の半ばから、兜子の作品は前衛文体を薄め、独自の個性的風格を獲得してくるが、この句はまだ、前衛俳句の匂いを残している。

散髪後という清潔な感覚の中で、霧の中に立つ墓と不意に邂逅する。この墓は現実なのか、それとも心の中に生じた幻想なのか。親しい人の墓なのか、それとも物体としての墓そのものなのか？　わからなさの底に、不安感がある。この時期の兜子の句には、すべてと言ってよいほど、色濃い不安が流れている。

春疾風万の昆虫のかがやく針

『歳華集』

9

　まばゆい一句である。一陣の春疾風が吹き抜けると、無数の昆虫標本が顕ち現れて、身を貫く針がきらめく。生きている昆虫ではなく、針の刺さった標本の昆虫。その映像の怖さは群を抜いている。

　昆虫標本の黒光りは、Ｈ・Ｒ・ギーガーのバイオメカニカルなクリーチャーを連想させる。ディストピア世界の一断面の提示のような気さえする。春疾風とかがやく針という明るいイメージを重ねながら、これほど恐怖をかきたてる句は、またとない。

瀕死の白鳥古きアジアの菫など

『歳華集』

10

兜子が提唱した自らの前衛俳句の方法論である第三イメージ論に則ってつくられた一句なのだと思われる。この作品の中の「瀕死の白鳥」も「古きアジアの菫」も現実のものではない。あくまで詩歌の言葉としてのイメージが先行している。

「瀕死の白鳥」もバレエのそれではなく、本当に死にかけている白鳥の哀れさ、「古きアジアの菫」は東アジアのみに分布する種としてのスミレ。正直なところ、この二つのイメージのぶつかり合いから何が結像するのかを見極めるのは難しい。汎アジア的な母性のようなものか。

「花は変」芭野つらぬく電話線　『歳華集』

11

カギカッコに入れられた「花は変」をどのように解釈すべきなのか？　それは兜子の独特の直感なのかもしれない。花こそが変であるとは、類型的な花のイメージを壊すものである。九世紀の薬子の変や幕末の禁門の変といった歴史的な謀反事件をあらわす変なのか。

それに配する芒野をつらぬく電話線は、凶報を伝えているのだろうか。映像を思い浮かべると、不吉な花のシンボルを塗りつぶす荒涼たるススキの野と電線。救いのない画面が浮かんでくる。

機関車の底まで月明か　馬盥

『歳華集』

兜子の詩論に第三イメージ論がある。兜子自身が、その第三イメージの代表句として挙げる一句。俳句の技法の二物衝撃は二つの具体物を組合せることにより、新たな事物の関係性を発生させる。一方、第三イメージは具体物ではなく、イメージ二つを配合し、三つ目のイメージを顕在化させるもの。月光の中の機関車と馬盥、それぞれのイメージの複合から何が生れるか。イリュージョンのリアリティを獲得できれば、第三イメージ論は成功ということになる。

軍の影鯛焼きしぐれてゆくごとし

『歳華集』

13

戦争の予兆、軍靴の響きの聞こえてくる俳句というべきか。鯛焼きという日常生活の中にあるお菓子、そこに軍の影を重ねるのは、実体の配合ではなく、やはり、軍隊のイメージと鯛焼きのイメージの衝撃なのである。

しぐれは冬の雨であるから、鯛焼きが冷たい雨に濡れて冷えきってしまう感覚か。日常が軍の影に侵食される取り返しのつかない感情の胚胎なのかとも思う。真似のできない兜子の詩的個性の発露がここにある。

帰り花鶴折るうちに折り殺す

『歳華集』

『歳華集』の代表句であり、赤尾兜子の代表句でもある。鬼気迫る一句だ。紙の鶴を折りながら、思いもかけずに折り殺してしまった。折り殺すという行為、いや、その言葉自体がありえないものである。「折り殺す」なる言葉自体、赤尾兜子の造語である。それも、この言葉以外にこの感覚を表現する言葉がない！　という、やむにやまれぬ必然から創造された複合動詞なのだ。

　兜子の精神の暗部を象徴する一句であり、兜子が提唱した第三イメージ論なる詩の作法が、無意識に発動し、実現してしまった句として、この不安で悲愴な俳句世界を感受するのが正しいのかもしれない。

おびただしく兜蟹死に夏来る

『歳華集』

15

凶兆の句である。カブトガニの大量死は事実だったのだろう。こういう事例は時々起こっており、近年では二〇一六年に、北九州市の曽根干潟でのカブトガニの大量死が報道されている。原因はエイの捕食による感染症の蔓延ではないかとされているが真相は不明。

掲出句の「おびただしく」には、ジェノサイドのイメージが重なる。大量死の後に来る夏。兜子の鋭い感受性は、何を感受しているのだろうか。

神々いつより生肉嫌う桃の花

『歳華集』

16

たとえば古代の生け贄を要求する邪神は、生肉を好んだのにちがいない。しかるに、兜子の感知する神々は、いつしか、生肉を嫌っていたのか。それは原初的なアニミズムではなく、近代の知性を経て後の見神体験によるものなのであろう。

俳句的配合で言えば、生肉と桃の花のキッチュな取合せは、意表をついている。桃の花の邪気のない明るさが、ここにはない生肉に照り映える構図の妙である。

数々のものに離れて額の花

『歳華集』

17

『歳華集』中の傑作の一句。強烈な孤絶感覚が漲っている。この一句のキモは「に」という格助詞の妙だ。数々のもの「に」離れてゆえの孤立無援の深さ。これが「を」であったら、離れる対象のイメージが明らかになり過ぎる。「は」や「が」であると、主客が転倒してしまう。「数々のもの」とは日常の中のあれやこれやであり、ひいては森羅万象でもある。すべてから意志的に離れる主体。それを支える額アジサイの花の密集。虚無の極致の一句である。

空鬱々さくらは白く走るかな

『歳華集』

18

鬱のイメージの提示として、初句の「空鬱々」というのはショッキングである。この空の色は何色だろうか？重苦しく雲の垂れ込める空、地から生えて、空間に枝を伸ばす桜の樹。そして縦横に咲く白い桜の花。まさに暗鬱な空間に白い花が走っている。

あるいは、現実の桜ではなく、イメージとしてのそれを幻視しているのか。「桜」ではなく「さくら」と表記されているところに、初句の「空鬱々」を溶解しようとする意志がある。

大雷雨鬱王と会うあさの夢

『歳華集』

19

『歳華集』には「神茶吟遊」と題された歌人塚本邦雄の栞文が付されている。その文章で塚本邦雄は掲出句を引いて、次のように記している。

「見神の謂と見做してよからう。（中略）なることなら私もこの鬱王との後朝を日毎に味はひたいくらゐである。さる日著者と談笑の折に『鬱王』こそ句集の表題として無二の語と推したのだが、つひに『歳華』を執して譲らなかつたのは、結果的にはゆかしい配慮であらう。」

『鬱王』なる句集も捨て難いが、直截過ぎるとの思いがあったのか。否応なく屹立する一句ではある。

二巨船の間をとびて老ゆ夏鴉

『玄玄』

20

神戸港の風景だろうか。二隻の巨船の間の空間を鴉が飛んでいる。巨船と呼ばれるほどの船なのだから、タンカーか豪華客船か？　巨船同士の合い間なのだから、かなり広い空間に思える。そこを鴉が颯爽とではなく、ゆらゆらと飛んでいるのだろうか。

「老ゆ」という把握が兜子独特のもの。この夏鴉に自己を投影しているとも読めるが、そうではなく、嘱目句として受け止めたい。港湾の点描、都市の叙景として読んでも、違和感はない。

微熱の眼に蘆刈の人消えゆきし

『玄玄』

21

蘆刈といえば、谷崎潤一郎の小説を連想する。それゆえに、この句は浪漫のある句として読める。しかし、この蘆刈は、作業もしくは労働としての蘆刈である。その働く人の姿を見つめていたが、気がつくと消えていた。微熱に浮かされる視界の中の対象の消失。想像力をたくましくすれば、もしかすると、この蘆刈の人は幻影だったのかもしれない。そうなると、やはり、浪漫の一句なのか。虚実皮膜の視線が一瞬、谷崎の美意識と交錯する。

花葵雨中の鳩よ醜となる

『玄玄』

雨降りしきる中に咲いている花葵というのは、美しい場面だと思う。ところが、兜子の視線は花葵よりも、ずぶ濡れの鳩に向いている。雨に打たれて、確かに鳩はみじめな姿に見えているのかもしれないが、それを「醜となる」とまで表現してしまう感性には、圧倒される。

こういうものの見方を個性的と言うべきか。私はやはり個性なのだと思う。対象を一面的にのみ見たり、類型的なイメージで見たりせずに、自分が見えたままに表現することは、俳人兜子の矜持であるはずである。

虚室の彼方白尽し飛ぶ冬鷗

『玄玄』

23

この句にも鳥が登場する。冬の鷗である。純白の塊として鷗をとらえている。虚室というのは自分の居る部屋を自虐的に表現しているのか。自分自身をも虚の存在ととらえているともいえる。その部屋から見ると、冬の鷗が飛んでいる。白を尽くして飛ぶとは、存在の濃密さ。虚への反措定にちがいない。

冬空に濃密な白を点描する冬の鷗に羨望や嫉妬を感じているのかもしれない。白のインパクトを感じさせる一句である。

みみづくの腋羽にふかむ樅の闇

『玄玄』

24

腋羽は「わきばね」または「ほろば」と読むと、辞書にはあるが、この句では兜子は「えきう」と読ませたかったのではないかと思う。「エキウニフカムモミノヤミ」とカタカナ表記にしてみると、字面も音韻も一種の呪文的なイメージをまとっているように思える。

みみずくの脇の羽毛部分に闇の深まりを感知する兜子の感受性、しかも、その闇はみみずくが止まる樅の木の醸し出す闇。闇を凝視する神経の冴えを実感する。

冬葵亡母の躾糸切るや否　『玄玄』

この句の冬葵は季節の景物として一句に配置されている。『玄玄』の時期に、俳壇では兜子の「伝統回帰」が言われていたことは事実である。亡き母が残した躾糸を切ることをためらう思いには共感できる。躾糸であるから、この糸に母が触ったことは間違いない。糸を切ってしまうことで、亡き母とのかすかな縁も切れてしまうような気がする。結語の「否」から兜子の亡き母への強い思いが立ち上ってくる。

急ぐなかれ月谷蟆に冴えはじむ

『玄玄』

26

この句には個人的な思い出がある。私は昭和五十三年に結社賞である渦賞を受賞したのだが、その際の副賞が、この一句が揮毫された赤尾兜子の色紙であった。二十代半ばであった私にこの句を書いてくれた兜子の真意は、早熟を戒める思いであったのだろう。いたずらに急ぐことはないのだ。谷底のヒキガエルにも、いつしか月の光があたるようになるのだ。その思いを若き日の私は受け止めきれたかどうか。正直、忸怩たる思いは残る。

火を焚くや狼のほろびし話など

『玄玄』

27

　炉辺の昔語りであろうか。記録によると、ニホンオオカミは一九〇五年一月、奈良県吉野郡で捕獲されたのが、最後の生息情報だそうである。それ以前は、東北地方から九州まで広い地域に棲息していたという。それゆえに、狼とその滅びに関する言い伝えや伝説は数多くある。そんな話の一つが、焚火に端を発して、語られていたということか。「狼のほろびし話など」という曖昧な表現が、話自体の伝承性を深めていて、民話的な雰囲気を高めている。

漱石の気鬱に通ふ冬の暮　『玄玄』

この句集の時期、兜子は強い鬱状態に悩まされていた。同じように気鬱に悩まされていた先人の夏目漱石のことを思い浮かべていたのだろう。季節的にいえば、冬の時期に鬱がつのるのか。人によって異なるのかもしれないが、兜子はこの冬の暮に強い鬱を感じていたのだろう。

漱石と同じ文士としての気概と苦悩、重苦しさの中に表現者としての矜持も見え、同時に救いようもない沈鬱な心の在り様が見え、読者にも迫ってくる。

われ四股をふまず久しや大蛍

『玄玄』

29

兜子は学生時代に相撲が強かったという。大正生まれの男性としては、長身であり、確かに相撲も強かったのだろうと思う。四股を踏むというのは相撲のトレーニングであり、同時に魑魅魍魎を土俵の下に踏み固めるという儀式的な所作でもある。

学生時代には無意識におこなっていた四股を踏む行為を、気が付けば久しくおこなっていない。目の前の闇に浮く大きな蛍を目にして、ふと、そんな思いが頭をよぎる。回想と懐郷の一句である。

入水して死ねぬ滝ありわれはゆかず

『玄玄』

自然構造上から、そこへ飛び込んでも死ぬことはできない滝がある。「われはゆかず」とは、そういう、死ねない滝には行かないよということ。逆に言えば、私は確実に「死ねる滝」に行くのだとの意図か。そう思えば、希死念慮の句とも言える。

晩年の兜子は、常にこういう思いにとらわれていたのか。きつい言葉は使われていないが、一句の内包する心理的負荷はとても大きい。『玄玄』には他に「ねむれねば頭中に数ふ冬の滝」の句もあり、心の闇を覗かせる。

近海へ入り来る鮫よ神無月

『玄玄』

この句から即座に連想するのは永田耕衣の「近海に鯛睦み居る涅槃像」の一句。耕衣と兜子の句は言葉は似ていながらも、極めて対照的だ。鯛と鮫、涅槃像の春と神無月の冬。耕衣の句にはほのぼのとした温かみがあり、一方の兜子の句には冷徹なイメージがある。

　現実に鮫が海岸近くに入り込んでくることはあるだろうが、それは一種の危険信号でもある。兜子はそこに、神の居ない月ゆえの凶変を感じているのだろう。

こがらしが像《かたち》のみえぬもの吹けり

『玄玄』

「短歌に幻を視る以外に何の使命があろう」とは歌人塚本邦雄の至言である。すぐれた俳句もまた幻視の力を持つ。掲出句においても赤尾兜子はまぎれもなくまぼろしを凝視している。「像のみえぬもの」とは何か？　あるいは、文学としての詩歌への志ではないか。こがらしが荒ぶ幻視の景には、表現者としての兜子の苦悩が見える気がする。

「像のみえぬもの」をこそ表現しようとする意志、そこに前衛の雄としての時代からの兜子の初心がある。

ゆめ二つ全く違ふ蕗のたう

『玄玄』

『玄玄』の掉尾の一句。『赤尾兜子全句集』（立風書房刊）の和田悟朗氏のあとがきによると、この句は兜子の没後に、日記から発見されたのだそうだ。まさに、最後の一句ということになる。

昭和五十六年三月十七日午前八時過ぎ、自宅近くの阪急神戸線十善寺坂踏切にて急逝。

二つの夢とは何か？　何がまったく違うのか？　真意はついに不明のままである。春を告げるフキノトウをみつめながら、そこには生きる意志は生まれてこなかったのだろうか。

北風荒れてしづかに咳けりそのひまを

『稚年記』

『稚年記』の巻頭には「いたつき頓に重くなりぬれば、母のこといまさらはげしく思はれてならず」との詞書のもとに五句の作が並べられているが、この句は巻頭の一句。母とよは兜子の大阪外国語学校在学中から重篤であり、常に床に就いていた。

勉学か読書かに耽っている深夜、荒れて吹く北風がふと途絶えた静寂に、母の部屋から静かな咳が聞こえてきた。「しづかに」という表現に、病と孤独に闘う母の姿への熱い想いが籠められている。

月光に握る母の掌あゝいまはの

『稚年記』

35

兜子の母は昭和十九年一月二十七日にみまかった。まさに臨終の際に、兜子はその母の手を強く握りしめたのだろう。句集『稚年記』には「つひに一月二十七日、うからに囲まれて母みまかりたまひぬ」との詞書が付されて、四句が収載されている。この句はその二句目。

無季の悼句ということになる。冬の月光と急速に体熱を失っていく母の掌、この句には無言の慟哭が漲っている。若き兜子の万感の想いを受け止めたい。

水仙に氷のごとき光塵《ひかり》かな

『稚年記』

赤尾兜子十八歳の時の作品。

俳人中村苑子はこの句の鑑賞において「水仙にのるわずかな塵を氷のようなひかりと感覚し、光塵と書いてひかりと読ませる微妙なことばへの感受性を、この年齢で備えていたというおどろき」と述べている。

まさに、美意識の透徹を実感させられる一句と言うほかはない。母の死を看取った直後の空虚感に、水仙の光塵が照応している。同じ『稚年記』に「去ぬ燕すでに暮秋の光塵なり」の作もある。この「光塵」のような造語の技法は、その後、自在に発揮されることになる。

誰に告げむ春の星座の金と銀

『稚年記』

私は昭和五十一年、二十四歳の時に「渦」集の初巻頭をいただいたのだが、その際の一句に「天に創地に木犀の金や銀」があった。まだ『稚年記』は刊行されておらず、兜子のこの句は知らなかった。逆に選者の兜子は、私の句に、自らの若き日のこの作の「金と銀」という比喩を確かに思い出していただろう。後に『稚年記』にこの句を発見して、私は赤面した。まさに、釈迦の掌ということであった。

初句の「誰に告げむ」が一句の浪漫性をいっそう高めている。十九歳の兜子のロマンチシズムの真髄である。

葉桜や煙草火を借るしんの闇

『稚年記』

昭和二十年代の風俗の一点景。喫煙の際に、煙草を喫っている他人の煙草の先に自分の煙草をくっつけて火をつけるという行為はしばしばおこなわれた。火を借りたり貸したりすることは、当時の喫煙者の間では当然のことだった。夜の葉桜の下で、煙草火を借りた。一瞬、煙草の先に赤く火が燃えるが、すぐに闇がすべてを覆ってしまう。二十代の兜子の閉塞した気持が結句の「しんの闇」に投影されているように思える。

刻一刻時計寒々明日を指す

『稚年記』

「いよいよ明日征つと思へば」の詞書がある一句。

初期句集『稚年記』は日常吟の「雪影裡」と出征に関わる句の「征前裸吟」との二部構成になっている。兜子は昭和二十年一月に東京世田谷の陸軍機甲整備学校へ、特別甲種幹部候補生として入隊した。

この句は出征前夜の吟。寸刻を惜しむ思いが、緊迫感をもって表現されている。他に「何か慌し立つは冬日のどん底に」、「大寒の没日に眼鏡揺がさず」、「背に亡母われは征く身ぞ冬日中」等が掲出句とともに並んでいる。

炭火濃し別れの前夜師の慈顔

『稚年記』

「恩師と征く前夜語るに　三句」という詞書が付いている三句の最初の句。大阪外国語学校中国語科は戦時のための在学期間短縮で昭和十九年九月に卒業した。翌昭和二十年一月に東京世田谷の陸軍機甲整備学校へ特別甲種幹部候補生として入隊した。その出征の前夜に恩師を訪ねたのだろう。年譜等々にも詳しい記載はないが、この師は郷里の龍野中学の師であろうと思われる。「寒夜旗の墨痕眉宇も鮮やかに」、「更けて寒く黙せばかたみに火をつつく」の二句が掲出句に続く。師弟の言葉少ない対面、慈顔に万感の想いがこもっている。

蟵《かや》に寝てまた睡蓮の閉づる夢

『稚年記』

昭和十八年、赤尾兜子十八歳の作。兜子の抒情的な詩心が最も直截に表れた一句。

実家で蚊帳を吊って寝ているのだろう。眠りの中で、睡蓮が閉じる夢を見た。睡蓮が開く夢ではなく、閉じる夢を繰り返し見るというところに、兜子の個性がある。心理学的な解釈は知らないが、この夢の中では、開いた状態の睡蓮の花弁が閉じるまで、長時間見ていたことになるのではないか。蟵と睡蓮と夢の三位一体が、清新な抒情を醸し出している。

青葉木菟夜すがらの詩《うた》さびしけれ

『稚年記』

これもまた抒情性にみちあふれた一句。初期の兜子の句には鳥獣虫魚がよく出てくる。この句の前後にも、牛、蛾、犬、蟬、蜥蜴等の句が並んでいる。ただ、それらは即物的に詠まれることが多く、掲出句のようなセンチメンタルな提示は珍しい。

アオバズクの鳴き声を「夜すがらの詩」と断じることができるのは、やはり、若さの特権と言うほかはない。しかし、こういう甘ったるい感覚が、若き兜子の詩の源泉であることは、嬉しくもある。

萩桔梗またまぼろしの行方かな

『稚年記』

43

この句もまた天性の抒情詩人ぶりを証明する作品である。兜子は十六歳の頃から、水原秋櫻子の「馬酔木」と岡本圭岳の「火星」に投句を始めているが、初学の時期に秋櫻子の抒情的で格調の高い俳句世界にあこがれたことは、容易に想像できる。

萩、桔梗、そしてまぼろしとロマンチックな花と幻想を畳みかけ、結句で「行方かな」とさらに詠嘆してみせる。青春期ならではの憂愁が句頭から句末まで、気だるく、しかし、みずみずしく流れている。

征きて死ね寒の没日といま別れ

『稚年記』

『稚年記』の後半の「征前裸吟」の内の一句。まさに出征前の一青年の覚悟を示した述志の句である。

昭和二十年一月に兜子は特別甲種幹部候補生として東京世田谷の陸軍機甲装備学校へ入隊するのだが、その直前に水原秋櫻子を訪ねたエピソードを「渦」同人の木割大雄が「霧のように」なる文章に記している。それによると、訪問時に秋櫻子は留守だったが、真新しい日章旗を預けて帰ると、後に「冬紅葉かがやく君が門出かな」と揮毫した旗が送られて来たそうだ。掲出句とこの揮毫の句は、時代の中で響き合っている。

梅雨の雷黒眼鏡のみ嗤いこけ　『蛇』

45

「闇市場風景」との詞書が付されている。終戦の後の神戸の闇市の点景か。黒眼鏡の男が傍若無人な笑い声をあげている。何が可笑しいのか。とはいえ、こんな不躾な笑い声も戦争中には聞かれなかったもの。季節は蒸し暑い梅雨の候、兜子は汗ばんで闇市の人の群れの中を歩いていたのかもしれない。戦争からは解放されたものの、人々の生活は貧しく、物資もまだまだ乏しい。大野誠夫の「兵たりしものさまよへる風の市白きマフラーをまきゐたり哀し」という短歌を連想させる一句である。

干潟昏れしだいに絞りだす汽笛　『蛇』

孤独の色がきわめて濃厚な作品。夕暮れの干潟に独り取り残された男の耳に、彼方から絞り出すような汽笛が聞こえてくる。それはその孤独な男自身の悲痛な嗚咽のようでもある。青春期独特の憂愁、煩悶であるのかもしれない。実景であるかどうかにかかわらず、若き日々のこのような暗色の精神状態には普遍性がある。それゆえに、この句への共感度は高い。ヴィジュアルを想像すれば、モノクロの干潟に灰色の影が延びているイメージか。青春哀傷の一句として記憶に残したい。

学問に霧一粒の曇る悲しさ

『蛇』

「昭和二十一年、京都大学中国文学科に入学。倉石武四郎、吉川幸次郎教授の指導を受ける」と『赤尾兜子全句集』の年譜に記されている。これはその時期の一句。戦争が終り、改めて学問に勤しもうとしつつも、心の中には何か不如意なものがあったのだろうか。

霧に悲しさという感情語を添えてしまうのは、類型的ではあるが「キリヒトツブノクモルカナシサ」という七七の抒情性には、カ行音の連なりが一味加えている。

今となっては死語に近い「学問」という漢語が一句の中で生きている。

乳房へ露　露　触れぬちさきおののき

『蛇』

『蛇』の第二部「愛」の中の一句。この章の作品は章題どおり、恋愛、相聞の句が多いのだが、掲出句は中でも、かなり官能的な表現になっている。この句の前後に「腕へ顔うずめつくしてきらめく露」、「月光の塔さり抱くはつめたき肌」といった作が並ぶので、男女の性的行為を詠っていると読んでよいだろう。句の上部に乳房、露、触れといった漢字が重ねられ、結句が「ちさきおのき」と平仮名に転じるのも初々しい。二十代前半の兜子の純真さを受けとめたい。

君が歌う曲は哀しい雪も黙っている夜

『蛇』

49

同じく「愛」の章からの一句。珍しく長律句である。若き日の恋のロマンチシズムに酔っていることは否めない。この句の次には「雪の創へ血を吐く恋のくるしさに」というもっとストレートな句もある。

　この時期の兜子は毎日新聞神戸支局に勤めていて、近所だった永田耕衣の家を頻繁に訪ねて来たという。

　耕衣は自作の「新しき蛾を溺れしむ水の愛」なる句の「兜子は「愛」という一字が好きでたまらぬと切り込むように断言した」と書いている。ここにも若き兜子の純真が証されているように思える。

密集して蜿腰高に振るマンボ　『蛇』

50

マンボはキューバを発祥の地とする力強いダンス音楽で、日本では昭和三十年代初めに若者たちに大流行した。兜子としては珍しく、風俗を詠っているわけだ。

戦前のダンスパーティー等々の社交ダンスとは異なり、男女がそれぞれ個として全身でリズムをとるダンスの先駆けであり、新しい風俗であった。密集して飛ぶブヨに、マンボを踊る若者たちをダブルイメージとして描いている。「腰高に振る」は兜子の観察であり、やや批判的な視線を感じる。新聞記者としての視線と言ってもよいのかもしれない。

硝子の側にても脂肪のなき桃よ

『蛇』

51

シュールレアリスムの絵画のような一句だ。「硝子の側にても」という前半の条件設定と後半の「脂肪のなき桃よ」とが、一見、照応しているようでいて、実はずれている。一枚の大きなガラスと一個の桃。そこには見えない脂肪を兜子は見ている。否、無いことを断定している。実はガラスも桃も脂肪も実在のそれではなく、イメージではないのか？　そう思っても謎は深まる。

兜子俳句を読んでいると、時にその想像力に追いつけない思いを抱く。この句もそんな一句で、「脂肪」の喩の真意に近づくことができない。

頸より霧の網目に浮ぶバレリーナ　『蛇』

初句の「頸より霧の」が、修辞としてどこにかかっているのかがわかりにくい。無理に想像すると、バレリーナの頸だけが、網目のようにたちこめる霧の中に浮かんでいる光景か。画家エドガー・ドガの「踊り子」のような映像を思い浮かべて、頸の部分に網目模様の霧をまとわりつかせてみるのか。

この句集の後記で、兜子は「社会との連帯意識の上にたって、現代の傷心、孤独、不安といった感情を定着すべく、私の思考や筆はのびていった。」と書いている。

不安の表象として読むべき一句であろうか。

ブランコ軋むため傷つく寒き駅裏も

『蛇』

53

「俳句研究」昭和五十三年三月号「特集・赤尾兜子」で、林田紀音夫が「句集『蛇』有情」という文章を書いている。この中で紀音夫は「屈折率の大きなダイヤモンドが、底面の角度によってひろく光を反射し、強い輝きを発しているにも似た技法」の俳句として掲出句を挙げ、「悲しみを浮き彫りにした構図が身近であった。」と鑑賞している。

駅の裏にある狭く小さな公園、そこにある錆びて軋みをあげるブランコ。昭和三十年代の悲傷感の一つの典型的な構図が描出されている。

音楽漂う岸侵しゆく蛇の飢

『蛇』

54

赤尾兜子の代表句であり、前衛俳句という文学運動の結晶である。兜子自身は自句自解で、この句の原風景を、中学時代に寂しさがつのると、河口の堤に赴いてうずくまっていたこととしているが、そんな事実を離れて、この句のイメージは屹立している。「音楽」には三島由紀夫が小説で提示した官能感覚を読み取ってもよい。「蛇の飢」の凶暴性もまた、性的象徴であろう。

一方でこの句全体を、時代を侵蝕する危機感の象徴ととることもできる。優れた表現者の鋭い感性が受け止めた危うい兆しである。

広場に裂けた木塩のまわりに塩軋み

『蛇』

「音楽漂う」の句と並んで、句集『蛇』の中ではもっとも引用、紹介されることの多い句。金子兜太が被爆地長崎でつくった「彎曲し火傷し爆心地のマラソン」と同様の激しい破壊のイメージがみなぎっている。

広島、長崎といった詞書が付いているわけではないが、原爆による爆砕とジェノサイドの残酷さが伝わってくる。キーワードの塩とは爆死した人間の謂い。「塩のまわりに塩軋み」とは折り重なって死んだ被爆者を連想させる。

伝統を捨象した前衛精神の凄みがここにある。

蛾がむしりあう駅の空椅子かたまる夜　『蛇』

56

昭和三十年代の夏、暑苦しい夜の駅の待合室の光景を思い起こす。「むしりあう」という動詞の使い方が独特に思える。複数の蛾の飛んだり止まったりする姿を「むしりあう」と表現しているのだろうか。結句の「かたまる」も何がかたまっているのか。蛾なのか人間なのか。ヴィジュアルイメージを浮かべても、映像というより、暑苦しさ、息苦しさが先立ってしまう。イヤな夢の中の一場面のようにも思える。

ちびた鐘のまわり跳ねては骨となる魚　『蛇』

57

赤尾兜子と大阪外国語学校で同期生だった司馬遼太郎は次のように書いている。

「文芸としての俳句の伝統からいえば、およそ異なった化学成分のものを兜子は、押しこんで破裂したり感電したりするのもかまわずに、それを押しこんだ。」

（「焦げた臭い」『歳華集』序文）

掲出句はまさに破裂し感電しているように思える。「ちびた」という俗語に近い語も「骨となる魚」も俳句の伝統にはない化学成分だ。放置された死のイメージとして受けとめるべきなのかもしれない。

花束もまれる湾の白さに病む鷗

『虚像』

第二句集『虚像』の巻頭に据えられた一句。

金子兜太の「朝はじまる海へ突込む鷗の死」と情景がパラレルになる。兜太の句は朝の光の中のカモメの自爆。スピード感がみなぎっている。兜子の句は大自然の海というより船着場のある港湾。花束は港を離れる客船から、海面に落下したものだろう。客船のスクリューは海水を攪拌して、花束は白く泡立つ波にもまれる。ここまでは写生的な場面。そこへ病気のカモメを配合するのが、兜子ならではの感性。波にもまれる花束と病んだカモメの映像は、兜太の陽に対する陰の美をたたえている。

廃市となる橋下おそろしく細い空

『虚像』

廃市とは「さびれた町」、「すたれた町」の意。この句が発表された前年の昭和三十五年に、福永武彦が同名の小説を刊行しているので、言葉としてのヒントは、そこから取ったのだと思われる。廃れた地方都市の橋の下の狭い空間から眺める空は「おそろしく細い」かもしれない。圧迫感、不安感といった感情が湧き上がってくる。

『虚像』のあとがきに「過去をひもとき、未来をまさぐりながら、私はもっとも現実に執着した。私たちが棲む今日の、みつめれば、みつめるほど虚像とも実像とも識別しがたいこの現実を。」と兜子は書いている。兜子の見たものは廃市の虚像か実像か。

煌々と渇き渚・渚をずりゆく艾

『虚像』

60

塚本邦雄は赤尾兜子作品の文体の特徴を「非愛唱性」と断定した。掲出句はその典型と言えようか。音読しても八音、三音、八音、三音で韻律はあるが、愛唱はしにくい。高柳重信は兜子の文体は「遂に師なるものを持たなかった癖の多い文体であり、その意味で孤独きわまる文体の典型」と言っている。

煌々とかがやきを放ちつつ渚は何に渇するのか？ その渚をモグサがずりゆくという奇景。発想もまた文体以上に特異である。見る景もそれを記す文体も、先人の模倣でないゆえの「孤独」に満ちている。

轢死者の直前葡萄透きとおる

『虚像』

『虚像』の中では比較的イメージを把握しやすい作品である。とはいえ、提示されるそのイメージは異様だ。轢死者であるから、交通事故や列車事故があったのか。そしてその轢死者の直前に葡萄が透きとおるとは、何なのか？　時間的な直前か、物質的な直前か。凶兆としての葡萄の透明化現象を作者は察知していることになる。

不吉な事象を素材としつつも、一句の孕む美は歴然としている。轢死者と葡萄と二つのイメージの配合から導き出された透明化こそ第三イメージと呼ぶべきか。

空井戸あり繃帯の鶏水色に

『虚像』

この句には兜子の自句自解があり、イメージの抽象性を図った実験句だとしている。そして「水の干あがった空井戸。そのまわりに繃帯をした鶏が鈍く歩いたり、坐ったりしている。私はこの刹那の鶏の心中に水色が流れていると感じた。水色の抽象色が……」と述べている。

具体的な場面としては想像できるのだが、鶏の心中の水色の抽象色というのが、正直、わからない。水色は爽やかすぎる気がするのだが。繃帯や鶏は汚れた白のイメージ、空井戸には水は無いはずだ。非在の抽象色としての水色、それは前衛精神の別名と呼ぶべきか。

岬の蔭胎児さえざえと菌《きのこ》生え　『虚像』

飯田龍太は兜子俳句を如何に読んでいたか？「渦」誌の一句鑑賞で、龍太が挙げたのがこの作品。

「胎児と菌とは、外見は離れて、中身はぴたりと一致する。不思議な表現の句である。しかも、秘められた内質の情念は、まさしく俳人の眼。かつまたまことに初々しい詩情をたっぷりと湛えた作品である。」と鑑賞する。

私には実はまだわかりにくい。結句の「菌生え」には、当然、高濱虚子の「爛々と昼の星見え菌生え」が意識されているはずだ。本歌取りかパスティーシュか。岬の蔭なる場と胎児と菌の関係が、解けない謎となる。

鳩を傍《そば》に　生れ疲れの嬰児ひとり

『虚像』

64

嬰児といえば、生まれたての零歳児からせいぜいヨチヨチ歩きの二歳くらいまでのあどけない子供を思い浮かべる。しかし、この句の嬰児は「生れ疲れ」というペシミスティックな形容をなされている。鳩と無邪気に戯れているのでもなさそうだ。

『虚像』の句は不安や鬱屈を難解な暗喩で表現したものが多いが、この句の「生れ疲れ」はまだわかりやすい。この世に生れ出たことがすでに濃密な疲労感なのである。この「嬰児」は『蛇』の後期から『虚像』にかけて、兜子作品には頻出する単語である。

蒼白な火事跡の靴下蝶発てり

『虚像』

「蒼白な火事」という初句がシュールレアリスティックである。句集『虚像』は原則は編年体で、それぞれの年の作品群に詩的な表題が付けられているが、昭和三十八年の題名は「蒼白な火事」である。この年の作品の中でも、自信のあるフレーズということだろう。

火事の焼け跡に焼け残った靴下があり、そこから蝶が飛び立った景。火事跡の蒼白とは、そこに住んでいた人の呆然とした心理状態を投影したものか。火事跡、靴下、蝶という句中のアイテムの非接続感が、シュールな雰囲気をさらにかきたてているわけだ。

戦どこかに深夜水のむ嬰児立つ

『虚像』

昭和三十年代に関西の前衛俳句の雄として兜子と轡を並べた林田紀音夫に次の句がある。「死者の匂いのくらがり水を飲みに立つ」。極めて似たシチュエーションだが、兜子と紀音夫の差異を見せてくれる二句でもある。

兜子の初句はこの時代の冷戦やベトナム戦争をイメージしているが紀音夫は普遍的な人間の死。兜子の嬰児は実景ではなくイメージ、紀音夫は作中の主体が行為として水を飲もうとしている。遠心的な兜子と求心的な紀音夫。第三イメージという方法論を武器にして、実ではなく徹底して虚に付き続ける兜子の姿勢が潔い。

硝子器の白魚　水は過ぎゆけり

『虚像』

67

透明感にあふれた爽やかな句である。ガラスの器に白魚が泳いでいる。そこには静謐が満たされている。下の句の過ぎ行く水とは、ガラスの器の中の水と同じなのだろうか。あえかに泳ぐ白魚の周囲を、水は確かに過ぎて行っている。それは生きている存在そのものの証といえる。器の水ではなく、水そのものなのだとしても、時と同様に水は過ぎ行くのだ。同じ『虚像』に「会うほどしずかに一匹の魚いる秋」があり、両方の句に共通する静謐が兜子の詩心をとらえているようだ。

136 — 137

背をあずけ昼は虚しき雪ホテル

『歳華集』

アンニュイの気分が漂う句。出張か何かで来た土地で雪になり、やむなくホテルに閉じこもり、ベッドの上で足を投げ出して、本でも読んでいる姿と読んだ。「背をあずけ」という導入が効果的だ。退屈さと気だるさを導き出している。白昼のホテルというのは確かに人の気配も少なく「虚しき」場ではある。結句の「雪ホテル」はフランス映画の題名のような造語。兜子が生来持っているロマンチシズムが発露したかたちか。

帰るラガー鱝水槽のなかに死ぬ

『歳華集』

刺激的な言葉のつらなる一句だが、意味を取ろうとすると、謎もある。激しい試合を終えて、汚れたユニホームのまま帰ろうとするラガー。水族館の水槽の中で死にかけている鱝。この二つの具体の並列が、異様な重苦しい雰囲気を一句にみなぎらせている。

兜子は時代の中で鬱屈とした精神状態を暗喩で表現することに巧みであり、この句にもその技法が生かされている。不穏な思いを読者にもたらすことは確かだ。読み終えて、なお残る謎のしこりも、計算のうちなのか。

火祭いま文鎮となる龍の裔

『歳華集』

兜子は昭和五十年に、湯川書房より自筆限定句集『龍の畜』を刊行している。その表題となった一句であり、気に入りの作品だったにちがいない。

特に詞書が付されているわけではなく、火祭の具体名等は不明だが、龍神が祀られる祭事なのだろう。岐阜県の下呂温泉に龍神火祭りがあるが、兜子の年譜には火祭見物の記述はなく、確証はない。

龍の形象を模した文鎮は、祭の土産物として、ありそうだ。書斎の机上に置く龍の文鎮。具体的なアイテムから発想された作品としても興味深い。

壮年の暁白梅の白を験《ため》す

『歳華集』

初出は兜子の主宰誌「渦」の五十九号。昭和四十六年六月に刊行されている。「燃犀」と題された七句の一句目である。発表直後から評価が高く、六十一号で歌人の初井しづ枝が「壮年の象徴であり、思想の徹底でもある。「験す」に心を打たれた。」と書き、六十二号には作家の三枝和子が「前衛だと言いきってしまっても猶残る何かがあります。生意気な言い方をすればそういう意味において兜子氏は前衛を超えて一歩前進したのだと私は思っています。」と記している。

『虚像』から『歳華集』への転換を示した一句である。

花から雪へ砧うち合う境なし

『歳華集』

昭和四十六年の「渦」吉野大会での句会に出された作品で、即吟だったそうである。

「渦」同人の小泉八重子はこの句について「花から雪へ境もなく移ろうとする内的必然性は、自然の、歳月の、限りなく幽遠な流動に似て、確かに解明はしがたいであろう。」と書いている。

強烈な美意識の発露がある一句である。雪月花の花と雪、日本の古典的な美意識へ、砧という具象を介して溶融する兜子の詩性の強さを実感できる。

霧の山中単飛の鳥となりゆくも

『歳華集』

写真家で「渦」同人であった井上青龍はまた兜子の良き飲み仲間でもあった。「兜子の酒は意外に荒れた。孤軍奮闘の若さにバリバリと音を立てる覇気があった。（中略）寝てしまった兜子を送るタクシーの中で「この人も私同様に他人に好かれないひとやな。単飛の鳥を飼ってるんやな」と泣けてきた。」と書いている。

「単飛の鳥」とはまさに独歩する自らの比喩にちがいない。孤独であり、孤絶であるゆえの自負。結句「なりゆくも」には、自愛すらもある。

子の鼻血プールに交《まじ》り水となる

『歳華集』

子どもをプールに遊びに連れて行った際の句であろうか。兜子は子煩悩であり、年譜を読んで行くと、新聞記者として極めて多忙であったはずの四十代の頃も、夏には家族旅行をしていることがわかる。

掲出句は夏休みの父と子のプール遊びの景として受けとめることもできるが、中七下五を比喩として解釈すると、子どもたちの血を水に流してしまう世界の状況への違和感とも読める。ダブルミーニングとして理解しても良いように思える。

親杉小杉熊出し夜も空真青

『歳華集』

「ぶつかる黒を押し分け押し来るあらゆる黒」という作で名を知られる俳人堀葦男は関西前衛派の作家として、しばしば、赤尾兜子と並んで取り上げられた。その葦男が、「渦」誌上で一句鑑賞に選んだのがこの句。

「熊が出た、という尋常でない緊張の中で、山深い冬の夜空は凄味を帯びた青さを張らせている。が、起句の、親杉小杉、と呼びかけるかのような、童話風の情景提示のはたらきで、同時に抑えようもないやさしい親愛感が全体をとり包む」と葦男は鑑賞する。

緊張とその緩和。確かに親杉小杉という修辞から、熊の恐怖よりも、村人と共棲する熊の存在感が伝わってくる。

邯鄲にくもれるまなこ拭きにけり

『歳華集』

76

　俳人松澤昭は兜子と同年の大正十四年生れ。二人は親しく手紙のやり取り等をしていたという。「渦」誌に掲載された一句鑑賞で、掲句について「凄愴なかぎりで、美の極致に対比する自己の心象の空虚さが、あまりにも克明に訴えられていて、何とも空恐ろしいほどである。」と述べている。

　この句の邯鄲は虫としての具象か、あるいは邯鄲の夢の故事の通り、生のはかなさの比喩なのであろうか。曇ったまなこを拭くことで、兜子は何を視ようとしていたのか。噛み締めるほど謎が深まる句といえる。

鞍馬夕月花著莪に佇つつらき人

『歳華集』

77

昭和四十八年の「渦」年次大会は京都の鞍馬で開催された。「鞍馬にて　四句」と詞書が付された句の四句目。鞍馬という地名、夕月なる天象、花著莪と美的熱量の高い言葉を連ねてきて、結句で一転して「つらき」という感情を表す形容詞を冠した人物で着地する。ねじれのある一句だ。この「つらき人」とは誰か。兜子自身のことという読みもある。この句が出された句会では、この人は藤原定家ではないかとの解釈も出たそうだ。若き義経、つまり牛若丸という読みがあっても不思議ではない。

句の真意は美に殉じることのつらさにちがいない。

はこべらや旧里にとどむ恨なし

『玄玄』

「播磨・龍野にて」という詞書が付された一句。兵庫県龍野市は赤尾兜子が中学校を卒業した土地である。童謡「赤とんぼ」の詩人の三木露風や終戦直後に獄死した哲学者の三木清を輩出した地でもある。

「恨なし」とあえて書かねばならないのは、実は恨みがあるから、との意地悪な思いもあるが、この句には純粋な浄化の思いがあると思う。詩人にとって、旧里との親和は表現の深化の必然であろうか。率直な故郷回帰の作品として感受すべきと思う。

秋の山沢へ来るもの白狐《びやっこ》また

『玄玄』

79

この句には兜子自身の自解がある。
「秋の山を上五において、そのかならずある沢へ水を飲みにくるもの、杣人もその一人であろう。白狐もまたその中に入るのである。この白狐は沢へ来て水を飲む。しかしこの作にはうごきの方は活写していない。私は、それを活写以前でとどめた。残像を空けておいたのだ。」

技術的な部分に触れている自解だが、言いさしの結句は、この句に余韻をもたらしている。自然を詠っているが、写実ではなく、山の自然の生理を描こうとしている。晩年の兜子の一つの特徴といえようか。

160 — 161

踊りの輪挫きし足は闇へゆく

『玄玄』

盆踊りは一種の祭儀であるので、短歌にも秀歌がある。

またひとり顔なき男あらはれて暗き踊りの輪をひろげゆく　岡野弘彦

すぐ思い浮かぶのはこの一首。兜子の句は岡野の短歌とは逆に踊りの輪から退いて行く人に焦点を当てている。SF作家で「渦」の同人であった眉村卓は「挫いたその人ではなく足を詠んだのは、作者の優しさではあるまいか。」と書いている。私は「戦線離脱」という心情を感じる。それを非難するのではなく、肯定する視線。そこに眉村の指摘する優しさが確かにある。

時雨忌に買ふや地球儀わがために

『玄玄』

時雨忌は松尾芭蕉の忌日。陰暦の十月十二日である。この日に自分のために地球儀を買ったというのである。意味は明解だが、行為としてはいささか不思議だ。普通ならば、地球儀を欲しがるのは小学生から中学生くらいの年齢ではないか。その年頃に見る立体としての地球儀は、太陽系の一惑星としての球状と日本対世界の国々の位置関係を実感するのに最適なアイテムである。しかし、大人にとって、自分のために地球儀を買うという行為の動機は想像しにくい。気まぐれか、少年の日の好奇心の再燃か。この不思議さが一句を統べている。

寒雷に覚めむとしつつ逝く名馬

『玄玄』

82

昭和五十三年に発表された作品。この年の一月に京都競馬場で行われた日本経済新聞新春杯のレース中に骨折し、四十三日間の治療の末に死んだテンポイントを詠っている。テンポイントはトウショウボーイやグリーングラスといったライバルと競い合った優秀な競走馬であり、稀代の人気馬であった。

寒雷という厳しいイメージの季語と半覚半睡のままに死に臨む名馬。タナトスに傾いた美意識が横溢している。人気競走馬の死という珍しい主題に挑みながらも、きちんと兜子の世界を展開している。

金歯入れ帰る急坂風死せり

『玄玄』

詩人竹中郁は、歯の弱りを老いの自覚として取り「急坂には人間は喘ぐ。老いを背負う者には猶更の条件である。しかも、風死せりとたたみかけてあることで、その詠嘆は増幅されて迫ってくる。」と称揚している。

そういう視点で読むと、やや、道具立てが揃い過ぎている気もするが、兜子の老いの実感ということでは、リアルな気もする。金歯という人工的なアイテムと急坂なる地形、そして風が死んだように止まってしまう自然現象の配合は、詩的必然と言ってもよいか。

黄落や祐三もかくうつむきて

『玄玄』

赤尾兜子は昭和五十三年十月、ソルボンヌの「秋季芸術祭」に、書道親善使節団の一員として参加のため渡仏している。この句は、その際のパリ七句のうちの一句で、「佐伯祐三を思ふ」との詞書が付いている。

佐伯祐三は三十歳の若さで、パリで客死した洋画家。兜子はパリで、佐伯の暮らしたモンパルナスを訪ねたのだろう。一九二〇年代に異国の地で芸術に殉じた佐伯祐三のうつむいた姿を思い描き、自らもまたうつむいたのか。パリの黄落とうつむく夭折画家の配合が、兜子の抒情魂を刺激しただろうことは疑えない。

針捻りその日の靄の鬼貫忌　『玄玄』

85

上島鬼貫の忌日は陰暦八月二日。伊丹の酒造家の家に生れ、「東の芭蕉、西の鬼貫」と呼ばれるほど活躍した俳人である。

角川書店発行の「俳句」昭和五十三年九月号は上島鬼貫の特集号。兜子は「鬼貫褒貶」なる文章を書いていて、鬼貫の「行水の捨てどころなし虫の声」の一句は、小学生の時から知っていたと記している。兜子にとって鬼貫は特に親しんだ俳人といってよいだろう。針治療を受けた靄のたちこめる秋の日、おりしも今日は鬼貫の忌日であった。ただそれだけの平明さを意図した句である。

ジョンウェイン亡しとカンナを手《た》握りて

『玄玄』

86

アメリカの映画俳優ジョン・ウェインが亡くなったのは昭和五十四年六月十一日。兜子がジョン・ウェインを好きだったという文章等は見当たらないが、年齢的にもハリウッドの大スターとして認識はしていたはずだ。

名俳優の訃報に接して、思わず庭のカンナを握りしめてしまったということ。定家や世阿弥は複数の句で詠まれているが、ジョン・ウェインとは意外である。その意味で兜子の嗜好が無意識に表れている異色の一句。

初雁や低き机に向き直る

『玄玄』

この句には丸谷才一の卓抜な鑑賞がある。

「初雁によって旅に誘はれたのち、男はまた仕事にとりかからうとして、机に向き直る。その向き直る僅かな動作と天を翔けてゆく運動との差ははなはだしい。（中略）この男が仕事に費やしてゐるエネルギーは、鳥たちのそれと同じくらゐ厖大なものではないか。」

昭和五十四年という晩年の句であり、平明さの中に感情の陰翳が見える。丸谷の指摘する厖大なエネルギーの蕩尽に疲労しているのか。机に向き、表現を遂行している兜子の姿が目に浮かぶ。

横に出てなほおそろしやひがんばな

『玄玄』

昭和五十六年一月に立風書房より刊行された『鑑賞現代俳句全集』第十巻には赤尾兜子が収載されており、その作品鑑賞は俳人平井照敏が執筆している。

掲出句に関しては「横に出て」なる初句が以下のひらがな書きの呪文的恐ろしさをかきたてており「兜子の変貌した前衛ぶりは、こんなふうに前よりもしぶとくたくましく伝統俳句にゆさぶりをかけ始めた」と評している。

指摘通り、この初句「横に出て」は伝統的感覚からは生まれない兜子ならではの個性的表現だ。もしかするとこの彼岸花は、兜子にのみ見えていたのかもしれない。

秘す花のあらはれにけり冬の水

『玄玄』

初句の「秘す花」は、能楽師世阿弥の『風姿花伝』の一節「秘すれば花なり秘せずは花なるべからず」を受けている。古典を背景にしているためか、一句の姿かたちが素晴らしい。初句の「秘す花」と結句の「冬の水」をはさんで、ひらがなが八文字並ぶ視覚的効果も作者の計算のうちだろう。秘めていたはずの自分の花の部分、それは才能でも技術でも美徳でもよいのだが、冷たく澄みきった冬の水の前ではあらわになってしまう。

兜子にはもう一句「かまつかに佐渡へ遠流の世阿弥ふと」という世阿弥が出てくる作品がある。

美作《みまさか》の空を横切る火事の雲　『玄玄』

90

この句には高柳重信の優れた鑑賞がある。

「その昔の吉備の国のうち、備前や備後などと漢字の音訓で名づけられてしまった土地とくらべ、この美作という和訓の文字や言葉は、さまざまなことを自由に思わせる。そのさまざまに思う一つとして、ここに新しく「火事の雲」が加わった。」

兜子の無意識の領域にも思いを馳せたみごとな一文だ。何より「みまさか」という音韻の美しさに「火事の雲」なるキッチュな事物を配合して、新たな美的世界を生み出してしまう兜子の感性の凄さに敬服する。

俳句思へば泪わき出づ朝の李花

『玄玄』

91

俳句への渾身の思いの一句。同時期に高柳重信が発表した「目醒め／がちなる／わが尽忠は／俳句かな」と並んで、それぞれの俳句表現への述志の句として論じられることが多かった。「尽忠」と「泪わき出づ」の対比、大丈夫ぶりと手弱女ぶりと言ってもよい。ここに壮年期の高柳重信と赤尾兜子の俳句への姿勢の差異が読み取れる。兜子の句の結句の「朝の李花」は、この上なく美しく、ゆるぎない季語である。

永田耕衣はこの「李花」に兜子が学生時代から傾倒していた李賀を重ねて良いのではと指摘している。

雲の上に雲流れゐむ残り菊

『玄玄』

空を見上げると低い位置の雲の上を高い雲が流れている光景は確かにある。そして眼前には残り菊。こよなく美しく、また、天と地との対比が効果的な配合といえる。

俳人岡本差知子は「高貴な香りを漂わすその長い花期の終るころ、わずかに咲き残るそれに注がれた作者の眼は、その真上にひろがる紺碧の秋天へ惹き入れられたのである。」と鑑賞する。

「五十歳を過ぎると自分の姿勢や方向をパターン化する不自由さをすてて、思念のながれに身を自在にゆだねようという気分」なる兜子自身の言葉に則った句である。

密息や山の根に浮く春の虹

『玄玄』

密息とは禅の考え方で、芸術家がおこなう虚々実々に応じてゆく呼吸法だとのこと。兜子は自句自解で「長年の句作りの過程で、密息に似た息遣いをしている自分に時折気づく。」と書き、密息のまま山の根にかかる虹を、消えるまで見ているうちに、常の息遣いに戻っていたと記している。密息という禅の一つの境地と眼前の「山の根に浮く春の虹」の光景が照応する至福。抽象に写生的景を配合した簡潔さの背後の境地は自足と言うべきなのだろう。

初がすみうしろは灘の縹色

『玄玄』

新年の句。縹色とは藍染の色の名。藍色よりは淡く、浅黄色よりは濃い青色。この句では海の色を表しているわけだが、「灘の縹色」なる修辞が新年の海の荘厳なイメージを保証している。

俳人草間時彦はこの句を「金の色紙に書いて、元日の床の間に飾ることの出来る句」と評している。格調の高さとスケールの大きさがあるからだろう。

灘は海の意味であると同時に、兜子が在住していた神戸市の由緒ある地名でもある。海と地への畏怖と感謝の思いが込められた句でもある。

さしいれて手足つめたき花野かな

『玄玄』

兜子の独特の身体感覚があらわれている作品。「さしいれて手足つめたき」なる体感のフレーズに「花野かな」なる結句が置かれる不思議さ。花野は秋の季語であるから、冷たい感覚は当然なのだが、そうなると「さしいれて」という行為が不可解。北原白秋の「大きなる手があらはれて昼深し上から卵をつかみけるかも」を連想したりもする。詩歌としては、大いなる存在の手足をイメージせざるをえない。兜子としてはそこまでは意識せず、あくまで個の体感を詠っているのだろう。花野という典型的な秋の季語への違和としての「つめたき」と受け止めては深読みであろうか。

葉月潮よごるるなかれ須磨明石　『玄玄』

兜子の古典的な美意識が良い形で提示されている句。結句の「須磨明石」は地名でありつつ、「源氏物語」の巻名を踏まえている。季語は葉月潮。盂蘭盆の頃の大潮のことである。中七の「よごるるなかれ」は、現実の海の汚染というより、精神的な汚れのようなものに思える。

須磨明石という土地の古典的な美学を思い、その美の伝統を穢さないでくれとの祈りがこもってもいる。兜子の詩精神の根底にある古典への親和を証明する作だ。

葉鶏頭池に沈みし百の蟹　『玄玄』

有季定型の句ではあるが、実景として見えているのは、葉鶏頭と濁った池の水面だけ。蟹は実際には見えていないはずだ。百の蟹というのも実数ではなくて、数多くの蟹という意味であろう。朱色のあざやかな葉鶏頭と池の底にうごめく無数の蟹。外見は有季定型句であるが、その内実のイマジネーションは第三イメージの方法論に近いのではないか。葉鶏頭と無数の蟹、二つのイメージが融合することで出現する三つ目のイメージ。病的で沈鬱な世界を私は想像できる。

短日はさびし来る夜のおそろしき

『玄玄』

人間が本能として抱いている夜への原初的な恐怖が詠まれている気がする。気がつくとすでに暮れようとしている冬の一日。その寂しさは実感できる。そしてまもなく夜が来る。そう思うだけで恐ろしさが湧いてくる。

すでに鬱王との邂逅が頻繁になっていた兜子の精神状態は無防備なまま夜の恐ろしさと対峙しなければならなかった。他人からはうかがい知れない鬱に沈み込む心の姿が飾りのない言葉で一句の形となっている。心の奥底の「夜の恐怖」が痛々しくよみがえっている。

さらばこそ雪中の鳰《にほ》として　『玄玄』

兜子の死後、「俳句研究」昭和五十六年五月号に遺作として発表された「雪中の鴉」十五句の中の表題作となった一句。読めばわかる通り、五・五・五のリズムであり、十七音には二音不足している。前衛俳句時代の兜子作品には、十七音を超える字余りの句は沢山あるが、字足らずの句はない。

二音の欠落があるためか、一句の中に大きな喪失感がある。初句の「さらばこそ」は何を受けているのか。その不分明さも不全感を増し、句の像を歪めている。ぎりぎりの神経から生み出された一句なのである。

心中にひらく雪景また鬼景　『玄玄』

前掲句と同じく、遺作「雪中の鳰」中の作品。雪景とは純白の雪の降りしきる静謐な世界の謂いか。では、鬼景とは何か？　痛めつけられた神経が生み出した精神の荒地か。

音読してみると、言葉の裏に息づいている傷ついた精神に感応して、戦慄してしまう。このような精神状況に追い詰められても、表現者はその表現を継続する業を負っているのかと暗然とする。

異貌の多面体――赤尾兜子の俳句

赤尾兜子の俳句は異貌である。百句鑑賞執筆のためにあらためて兜子俳句を精読して、かねてより思っていたその認識は、いっそう強いものとなった。昭和三十年代、赤尾兜子の名が俳壇で知られ始める時期の俳句は、第一句集『蛇』と第二句集『虚像』に収められているが、このころの兜子の作品は伝統派の俳人はもちろん、同志であった前衛派の俳人の誰とも似ていない。前衛俳句とレッテルを貼ろうとしても、兜子の作品はそこから大きくはみ出している。それは兜子俳句としか名づけようがない異様なオリジナリティに満ちている。

昭和五十年に第三句集『歳華集』が刊行されるが、この句集の後半からは文体が変化して、伝統俳句的な要素が貪欲に取り入れられていることに、読者は気づかざるをえない。とはいえ、そこで創られた作品は単なる伝統回帰とは異なり、ここにも誰にも似ていない異貌が出現している。さらに二年後の昭和五十二年には、初期句集『稚年記』が出されるのだが、その端正で抒情的な作品、戦時下の禁欲的な青春俳句の相貌に読者は、また、驚かされることになる。

以後、昭和五十六年三月十七日の自死まで、兜子の俳句作品は多面体として、異色の光を放ち続けていた。そして、多面体のどの面に映る容貌も、赤尾兜子でしかありえない異貌であった。尚、『歳華集』以後の作品は、兜子の死後、昭和五十七年に立風書房から刊行された『赤尾兜子全句集』の中に、未完の遺句集『玄玄』として収録された。

この本の百句鑑賞では、あえて、編年体をとらず、まず、その異貌が感受できる兜子秀句三十三句を第一部として置き、第二部に『稚年記』から『玄玄』までの作品から六十七句を編年順に並べて鑑賞した。

俳句との出会いから『稚年記』の時代へ

赤尾兜子、本名赤尾俊郎は大正十四年二月二十八日に、兵庫県揖保郡網干町新在家に生を受けた。父常治、母とよの次男で、父の職業は材木問屋、幼児の頃は、祖母の下で育てられたという。大正十四年生れの文学者には三島由紀夫や梅原猛、丸谷才一等がいる。同年生れは、昭和の年数と満年齢が一致する。

昭和六年、六歳の時に、ホトトギス系の兄の影響で初めて俳句をつくる。作文が得意で、小学生時代から文芸、文学に興味を持つ。中学卒業後、大阪外国語学校中国語科に入学し、短歌・俳句部に入部する。本格的に俳句に傾倒し始めて、秋櫻子、蛇笏、誓子、楸邨、波郷、草田男等の句集を耽読。俳誌「火星」や「馬酔木」に投句する。また、岡本圭岳指導の「火星」の句会にも出席するようになる。この時期の兜子に関して、岡本圭岳の妻で俳人の岡本差知子が次のように書いている。

「「火星」に入会されて以来、発行所句会へ熱心に出席された頃の学生服姿が目に焼きついている。圭岳の最も期待する若手作家の一人であった。」

この句会で、下村槐太とも知り合ったという。

この大阪外国語学校では、同学年の蒙古語科に司馬遼太郎、一学年上の印度語科に陳舜臣が在学しており、兜子にとっては終生の僚友と出会ったことになる。

昭和十九年の一月に母逝去、同年九月に戦争悪化の影響で繰り上げ卒業となる。昭和二十年一月に東京世田谷にあった陸軍機甲整備学校へ特別甲種幹部候補生として入隊する。この時に後に『稚年記』となる句稿を父に託す。『稚年記』のあとがきに次のように記されている。

「三十年あまり筐底にねむりつづけてゐた「雪影裡」「征前裸吟」の二冊の句稿を合はせて、ここにひとつの句集にした。これは、私の過ぎ去つた青春の句屑で、十六歳から二十歳まで、およそ四年間の作である。大阪外語に入学して、まもなく私は短歌・俳句部に入つた。そこで句とかかはり、十九歳の秋、繰上げ卒業して、翌二十歳の一月、兵隊にとられた。生きて帰れまいと覚悟してゐた私は、この句稿を父に手渡し、木枯のふきすさぶ中を出征した。（中略）青春は美しい。けれども未成熟であらう。しかも私の青春は戦争とすべて重なつたので、おほむね暗い。含羞をこめて『稚年記』と題するほかない。」

『稚年記』の作品はまさに青春俳句であり、出征を運命として受け入れていた一人の青年の述志の歌である。

玉虫の玻璃扉まぢかく羽搏きぬ　「雪影裡」
麦熟れぬわけてこの日の夕茜　〃
青葡萄透きてし見ゆる別れかな　〃
クリスマス敵を忘ぜず街ゆけば　「征前裸吟」
「勅諭」誦す眼鏡ぞ寒し水仙花　〃
征きて死ね寒の没日といま別れ　〃

兜子ならではの資質として、抒情性と強い志がみなぎる句群といえる。復員後、京都大学文学部中国文学科に入学し、学問上では倉石武四郎、吉川幸次郎両教授の指導を受けつつ、本格的な作句活動に入って行くことになる。

『蛇』の時代

大学生時代の赤尾兜子は、まず、新興俳句系の同人誌「太陽系」に参加する。この時期から、神生彩史、伊丹三樹彦、桂信子、高柳重信、永田耕衣、堀葦男、鈴木六林男等々の俳人たちとの交流が始まる。卒業論文「李賀」を書いて、昭和二十四年に大学を卒業、兵庫県庁社会教育課を経て、二十五年に毎日新聞編集局へ入社する。以後、多忙な勤務の中でも、精力的に作品や文章を各誌紙に発表して、関西の俳壇で頭角を現してくる。

昭和二十八年に神戸市民同友会俳句講座講師となり、その会誌として、葉書形式の「一枚の手帖」を創刊。さらに昭和三十年には同誌を改称し、俳句誌「坂」を創刊。和田悟朗が同人となる。

第一句集『蛇』は昭和三十四年九月に俳句研究社より刊行された。この句集は昭和十九年から三十四年までの作品を「学問」「愛」「坂」と編年体の三部構成に編んである。すでに異貌の多面体の姿を見せており、一巻の句集でありながら、作品の変化はきわめて著しい。

秋炊ぐ聖書に瓦斯の火がおよぶ　「学問」
山鳩の埘うしなう月の道　〃
月は瓦礫に倖せあれと別れしが　「愛」
鉄階にいる蜘蛛智慧をかがやかす　〃
音楽漂う岸侵しゆく蛇の飢　「坂」
広場に裂けた木塩のまわりに塩軋み　〃

どの句も句集『蛇』の代表作であるが、「学問」の句の写生、「愛」の句の抒情、「坂」の句のメタファーと方法論が明確に違っている。この変化は俳人兜子の意識的なものであり、文学的な進化、深化とよぶべきだろう。

『蛇』の後記より、「愛」の章の作品に言及している部分を引用する。

「第二部「愛」にいたって、純粋詩のフォルムで青春美を追究するという方向へ移った。同世代に、作家三島由紀夫があり、この異様な時代の頽廃性を美学的な様式化によって克服しようとしていたことも、私を大きく刺激したようだ。いまにして思えば、これらの実験は、私の青春の過剰意識に毒されて、成果としては衆知に満ちているが、当時の俳壇をリードしていた根源俳句に対するレジスタンスであった。」

「愛」の章の俳句は必ずしも結晶度の高いものとは思えないが、同年齢の三島由紀夫を意識していたということと、昭和二十三年に山口誓子を中心として創刊された「天狼」の根源俳句へのレジスタンスの意識という発言は貴重なものだと思う。根源俳句の即物的な方法論に異を唱えたということから、抽象性を大きな武器とする前衛俳句の方法論へ向かっていったということだ。

「坂」の章の作品に関しては同じ後記で次のように記している。

「社会との連帯意識の上にたって、現代の傷心、孤独、不安といった感情を定着すべく、私の思考や筆はのびていった。前衛、抽象、難解俳句と、俳壇の騒音はこのところ新しい勢力の誕生に沸き、私もその側の一人に数えられている。しかし私は、こうした革新的エネルギーの擡頭は喜びたいが、騒音にはまきこまれないで、自分を確かめてゆきたいと思う。もともと俳句は無償、寡黙の文学であり、騒音の文学ではないからである。」

こういう俳句観を堅持しつつ、前衛、抽象という方法論を駆使した「坂」の章の作品群から、さらに前衛性を深めた『虚像』の世界へと入って行くこととなる。

『虚像』の時代

昭和三十六年に赤尾兜子は現代俳句協会賞を受賞する。この兜子の受賞をめぐって、伝統派の俳人たちが現代俳句協会を離れ、俳人協会を設立することになったという風聞があるが、これは訛伝であると高柳重信が否定している。これに関する高柳重信の興味深い文章を引用する。

「当時の俳壇を風靡した前衛俳句の典型的なイメージとして多くの人たちが想起したのは、この赤尾兜子という名と、その独特の文体の作品であった。赤尾兜子に対する現代俳句協会賞の受賞が俳壇分裂を招いたという説は、もちろん正確な事実を伝えるものではない。また、赤尾兜子自身、この俳壇分裂についても、どのような意図も持たず、わずかな予見すら抱いたことがなかったにちがいない。しかし、それにもかかわらずこの俳壇の分裂という事実を考えるたびに、多くの人たちが同時に赤尾兜子を思い浮かべることは、やはり運命的な一つのめぐり合わせと言うべきであろう。」高柳重信『俳句の海で』(ワイズ出版)

きわめて皮肉だが正鵠を射た文章といえる。伝統俳句的な視点から見れば、この時期の兜子俳句は、異様なものに見えたことは間違いないはずだ。

句集『虚像』は昭和四十年九月に創元社から刊行された。あとがきから一部を引用してみる。

「過去をひもとき、未来をまさぐりながら、私はもっとも現実に執着した。私たちが棲む今日の、みつめれば、みつめるほど虚像とも実像とも識別しがたいこの現実を。そうした現実と私の情念、観念のなかの現実、この二様の現実のなかに、私は俳句をさらし、俳句性というものの現代批評と演繹に、時にはいなおる姿勢でたち向かった。そして俳句の凝縮表現方法として、自論にしている「第三イメージ」を主に用いた。」

ここに第三イメージがはっきりと言挙げされている。『虚像』の代表作としては次のような作品があげられる。

ささくれだつ消しゴムの夜で死にゆく鳥

轢死者の直前葡萄透きとおる

空井戸あり繃帯の鶏水色に

蒼白な火事跡の靴下蝶発てり

戦どこかに深夜水のむ嬰児立つ
犀のような手相わが野に流れる酢

第三イメージの私の解釈は作品鑑賞の部分に書いたのだが、繰り返しておくと、二物衝撃という具象と具象をぶつけあって比喩を生み出す従来の俳句的技法を一歩進めて、第一の比喩と第二の比喩を衝突させて、第三の暗喩のイメージを産み出す方法ということである。前掲の作品もほぼすべて比喩のみで構成されている。

『歳華集』の時代

『虚像』のあとがきの末尾で、兜子は「私はこんごも成長変化を求める。それは生きてあるかぎりつづくであろうが、私はゆく。」と書いた。そしてそのとおり、次の句集『歳華集』で劇的な変貌を見せることになる。

『歳華集』は昭和五十年六月に角川書店より刊行された。序文を司馬遼太郎、解説を大岡信、栞文を塚本邦雄が書くという、構成的にもきわめて豪華で力の入った一巻である。前句集から十年を経て、新生赤尾兜子の出現とも呼ぶべき事件であった。そして、この句集で実現した世界が兜子以外に不可能であり、さらに傑出した詩歌表現であることは、作品を読めば疑いようがない。

花から雪へ砧うち合う境なし
帰り花鶴折るうちに折り殺す
神々いつより生肉嫌う桃の花
数々のものに離れて額の花
空鬱々さくらは白く走るかな
大雷雨鬱王と会うあさの夢

正確には昭和四十六年以降の作品で、赤尾兜子はこの世界に到達している。これらの一句一句の結晶度の高さは比類もない。先行するどの俳句にも似ていないし、その後、現在までもこれらに匹敵する言葉の世界を成就した俳人は居ないと私は思う。前衛俳句のイメージを払拭した作品は俳壇を驚かせ「赤尾兜子の伝統回帰」なる言葉で取りざたされたりした。とはいえ、これらの句群が伝統俳句なるレッテルで収まる内容ではないことは、読めば誰でも理解できるだろう。
大岡信はこの句集の解説において、兜子作品には昭和四十六年あたりから変化が生じているとして、次のように詳述する。

「イメジとイメジを重ね合せ、それらの相乗積の範囲をいずれにせよあまり超えない形で超時間的なイメジを喚起しようとしていた従来の句とは異って、赤尾氏は最近の句では、むしろ簡単にはイメジを結ぼうとはしないもの、いわば「もの」や「こと」が「気配」として出現し、あるいは消え去る、その重大な瞬間をとらえることに意識を集中しているようにみえる。赤尾氏にとって、人生というものが、そういう機微の瞬間において見えてくるある種の光に集約されはじめてきたことを意味しているのかもしれない。私はそこにスリルを感じる。」

大岡信独特の表現だが「機微の瞬間において見えてくるある種の光」とは、前掲の作品に確かに光芒として存在しているように思える。

『玄玄』の時代

赤尾兜子は昭和五十六年三月十七日急逝した。自裁であった。『玄玄』は単行の一巻としては出版されず、昭和五十七年三月に立風書房から刊行された『赤尾兜子全句集』に遺句集として収録された。句集名の「玄玄」は生前の兜子が身辺の人に次の句集の題名としてこの言葉を伝えており、それが採用された。自選ができないので、『歳華集』以降の全作品が収録されたため、七四八句という多数の句が入っている。『玄玄』の句に関しては『赤尾兜子全句集』のあとがきで、編纂者の和田悟朗がこう述べている。

「その作句姿勢として、多分に日常的身辺的感興となっているので、ことに『蛇』や『虚像』のように意欲的な純文学理念を追い求めていたころの姿勢とは著しく異っており、ここではむしろ人間兜子の心の推移を静かに追うより仕方がないと思われる。」

いかにも、『蛇』の時代から兜子の最も信頼する同行者として並走して来た和田悟朗らしい親身な言葉である。とはいえ、『玄玄』の作品は兜子ならではの個性が刻印されたものであり、解りやすさ故に読者への訴求力は大きい。

急ぐなかれ月谷蟆に冴えはじむ
火を焚くや狼のほろびし話など
踊りの輪挫きし足は闇へゆく
心中にひらく雪景また鬼景
ゆめ二つ全く違ふ蕗のたう

読者にはこれらの句を虚心に味わっていただければと願う。百句の鑑賞とこの小論を読んでいただくことで、俳人赤尾兜子とその作品、まさに「異貌の多面体」ぶりを実感していただきたい。一人の俳人が試行錯誤し続けた俳句形式の広大な可能性も確認できるはずである。

了

参考文献

『赤尾兜子全句集』（昭和五七年　立風書房）
『鑑賞現代俳句全集』第十巻（昭和五六年　立風書房）
『花神コレクション　赤尾兜子』（平成五年　花神社）
渦俳句会編『鑑賞赤尾兜子百句』（平成六年　立風書房）
高柳重信『俳句の海で「俳句研究」編集後記集』（平成七年　ワイズ出版）
「俳句研究　特集・赤尾兜子」（昭和五三年三月号　俳句研究新社）
「俳句　特集・上島鬼貫」（昭和五三年九月号　角川書店）
「俳句評論　赤尾兜子追悼特集」第一九一号（昭和五六年　俳句評論社）

資料の面で、木割大雄氏、秦夕美氏にお世話になりました。

初句索引

あ 行

か 行

さ 行

著者略歴

藤原龍一郎（ふじわら・りゅういちろう）

昭和27年1月18日　福岡県生れ。
昭和47年　「短歌人」会入会。現在編集委員。
昭和48年　藤原月彦の筆名で高柳重信編集長の「俳句研究」五十句競作佳作第一席入選。
以後、昭和63年頃まで藤原月彦名義で俳句、俳句論を執筆。
昭和49年　赤尾兜子主宰「渦」入会。同人の木割大雄、秦夕美、桑原三郎、柿本多映等と交流する。「数々のものに離れて額の花」「神々いつより生肉嫌う桃の花」といった赤尾兜子の形而上的な作品に強く魅かれる。
昭和50年　第一句集『王権神授説』（深夜叢書社）上梓。
昭和55年　攝津幸彦の呼びかけに応じ、同人誌「豈」に創刊同人として参加。
昭和56年　赤尾兜子逝去により、「渦」退会。桑原三郎、西村智治と「犀」創刊。
同年第二句集『貴腐』（深夜叢書社）刊行。
昭和58年　秦夕美と二人誌「巫朱華」創刊。9号まで刊行。
昭和59年　第三句集『盗汗集』（端渓社）刊行。
昭和62年　『魔都　魔界創世記篇』、『魔都　魔性絢爛篇』（冬青社）刊行。
平成元年　『魔都　美貌夜行篇』（冬青社）刊行。
平成に入った頃から、俳句から離れ、本名・藤原龍一郎による短歌活動に専念する。
令和元年　『藤原月彦全句集』（六花書林）刊行。
秦夕美との共同制作俳句集『夕月譜』（ふらんす堂）刊行。
令和2年　『藤原月彦全句集』により第十八回鬣TATEGAMI俳句賞受賞。日本歌人クラブ会長就任。

現住所　〒135-0051　東京都江東区枝川3-9-10-204

発　行　二〇二一年六月一日　初版発行
著　者　藤原龍一郎© Ryuichiro Fujiwara
発行人　山岡喜美子
発行所　ふらんす堂
〒182-0002　東京都調布市仙川町一—一五—三八—2F
TEL（〇三）三三二六—九〇六一　FAX（〇三）三三二六—六九一九
URL http://furansudo.com/　E-mail info@furansudo.com

赤尾兜子の百句

振　替　〇〇一七〇—一—一八四一七三
装　丁　和　兎
印刷所　日本ハイコム㈱
製本所　三修紙工㈱
定　価＝本体一五〇〇円＋税
ISBN978-4-7814-1373-0 C0095 ¥1500E